Phönix

Die Phönix-Zubereitung:

Nichts bringt sie zurück, die Zeit, daher führe man sich ein paar Mal **Paffen** zu Gemüte, ohne sich **Ausgemustert** zu fühlen, und mache einmal **Früher Schluss**. Man füge dem Ganzen **Abgesa(e)gt** hinzu und sichte daraufhin **Rein zufällig** einen **Phönix**, der **Das Ende der Stille** dazugibt. Im weiteren Verlauf taucht **Rilkes Panther** auf; sein Mitbringsel ist ein Gewürz namens **Sonnenwind**, welches bei der Zubereitung keineswegs fehlen darf. Nachdem man nun sowohl der Sonne als auch **Dem Wind ein paar Worte** mitgegeben hat, **Heirate** man und erzeuge schließlich im **Rausch** der Gefühle ein **Kraftwerk**.

Michael Johann Deisenrieder wurde am 18.07.1988 in Bad Aibling geboren und lebt »somewhere in Bavaria«. Bereits in jungen Jahren ließen ihn Tolkiens Welten von eigenen Geschichten träumen. Die Lyrik von Dichtern wie Brecht und Rilke animierte ihn dann endgültig zum Schreiben. Hier sind nun einige seiner Träume in Form von Gedichten und Kurzgeschichten.

Michael Johann Deisenrieder

Phönix

BoD

Bibliografische Information der Deutschen Nationalbibliothek: Die Deutsche Nationalbibliothek verzeich-
net diese Publikation in der Deutschen Nationalbibli-
ografie; detaillierte bibliografische Daten sind im In-
ternet über dnb.dnb.de abrufbar.

2. Auflage, September 2020

© 2020 Michael Johann Deisenrieder
Herstellung und Verlag:
BoD - Books on Demand, Norderstedt
ISBN: 978-3-751-95786-1

Muss dir was sagen:
Dies alles ist
FÜR DICH

Zutaten

II

NICHTS BRINGT SIE ZURÜCK, DIE ZEIT.
Wundere dich also nicht,
wenn du heute

nach mir suchen musst.
Ich bin bei ihren Rücklichtern.

PAFFEN

Als im Dorf der Rauch
aufging, hatten Lausbuben
noch ein Geheimnis.

Als im Dorf der Rauch
aufging, pafften sie Fluppen
und fühlten sich groß.

Als im Dorf der Rauch
aufging, schmauchten sie, bis der
Qualm sie den Eltern verriet ...

Sie sind nun längst keine zehn mehr;
da stehen sie, bärtig, und rauchen.
Man fragt sich: Wen kümmert es noch?

AUSGEMUSTERT

Trotz
schürt das Feuer

FRÜHER SCHLUSS

»Und, wird's was?«, wollte Howard wissen.

Pete blickte mühsam von seinem Bildschirm auf und zu seinem Arbeitskollegen hinüber, dem einzigen, den er hier nicht nur als Kollegen, sondern auch als Freund betrachtete. Wie immer waren nur noch er und Howard im Büro; alle anderen hatten sich bereits in den Feierabend verabschiedet. Und wie immer war Pete so in seine Arbeit vertieft gewesen, dass ihm deren Verschwinden gar nicht aufgefallen war. Selbst den Einbruch der Nacht hatte er nicht mitbekommen, so konzentriert hatte er gearbeitet. Sich von Lärm, Hektik und Gewusel und damit schlichtweg von allem, was um ihn herum geschah, abschotten zu können, war seine große Stärke. Über diese Fähigkeit musste man auch verfügen, wenn man in diesem Unternehmen arbeiten wollte, denn in etwa sechzig Personen gingen allein in seiner und Howards Abteilung ihrem grundsoliden Brotverdienst nach - in ein und demselben Raum. Dieser war zwar großflächig angelegt, doch gab es keinerlei Trennwände zwischen den Bürotischen; sie waren vielmehr wie in der Schule angeordnet und allesamt auf drei Pulte ganz vorn ausgerichtet. Am mittleren Pult residierte für gewöhnlich der Abteilungsleiter, zu seiner Linken wie zu seiner Rechten wurde er von seinen zwei Stellvertretern flankiert. Und sie saßen, wenn sie denn nicht außer Haus oder wie jetzt schon im Feierabend waren, nicht etwa in derselben Blickrichtung wie ihre Untergebenen, nein, von ihrem er-

14

höhten Podest und von ihren gemütlichen Chefsesseln aus blickten sie ihnen entgegen und konnten sie so stets im Auge behalten - als wären sie Aufseher. Deshalb kam sich Pete tatsächlich des Öfteren vor wie in der Schule, mit dem einzigen Unterschied, dass er und seine Kollegen keine Sitznachbarn hatten, sondern jeder einen Schreibtisch für sich allein.

Petes Blick wanderte nun von Howard, dessen Arbeitsbereich sich auf der anderen Seite nahe der Tür befand, über die verlassenen Arbeitsplätze seiner Kollegen hinweg zurück zu seinem eigenen Platz am Fenster und er begutachtete die roten Rosen in der Vase, die hinter einem Berg aus Akten gerade noch eine freie Stelle auf seinem Schreibtisch bekommen hatten.

»Ja«, antwortete Pete endlich. »Heute wird's was werden!«

»Na dann«, sagte Howard, »mach nicht mehr allzu lange! Ich hau jetzt jedenfalls ab. Einen schönen Abend noch.«

»Ebenso«, erwiderte Pete. »Ich werde nur noch kurz ein Angebot durchchecken, bevor ich es versende, dann bin ich auch weg.«

»Ach«, sagte Howard, »bevor du es tausendmal überprüfst, hau's einfach raus.« Und während er sich seinen Wintermantel überwarf, fügte er mit einem flüchtigen Blick auf die Rosen hinzu: »Bestell deiner Frau einen schönen Gruß!«

»Mach ich.«

Howard schaltete das Licht an seinem Schreibtisch aus und verschwand. Nun wurde die riesige Abteilung, die mehr einem Saal glich denn einem Büroraum, nur mehr schwach von Petes Computer und seiner Schreibtischlampe erhellt.

Bevor er weitermachte, spähte Pete kurz aus dem Fenster des dreiundsiebzigsten Stockwerks und sah hinunter auf die Lichter der Stadt. Überall waren die Häuser und Hochhausfassaden mit weihnachtlichem Schmuck, Lichterketten und Leuchtsternen versehen. Urplötzlich überkam Pete weihnachtliche Vorfreude.

»Ja, heute wird es was«, murmelte er vor sich hin. »Heute mach ich früher Schluss.«

Nachdem er die Mail überflogen und versendet hatte, packte auch er seine Siebensachen zusammen und verließ schnurstracks die Abteilung. Wäre es ein normaler Arbeitstag gewesen, wäre er selbstverständlich noch länger geblieben. Er hätte sich bald ausgestempelt und noch drei weitere Stunden gearbeitet. Aufträge gab es schließlich genug. Und als »Mitarbeiter des Monats November« musste er sich doch auch im Dezember ganz besonders hervortun; überdies hatte ihm sein Chef kürzlich eröffnet, einer der Stellvertreterposten werde in ein paar Monaten vakant, und er, Pete, habe die besten Chancen, diesen zu ergattern. Deshalb musste er sich nun doppelt anstrengen. Wenn er die Stelle tatsächlich bekäme, würde er nämlich bedeutend mehr verdienen und könnte das Haus früher abbezahlen, für das er und seine Frau so hart arbeiteten.

Am Aufzug angekommen, merkte Pete, dass er die Rosen für seine Frau auf dem Schreibtisch hatte stehen lassen. Er machte also noch mal kehrt. Ja, heute ist ein besonderer Tag, dachte er auf dem

Rückweg. Da mache ich einmal früher Schluss und vergesse fast die Rosen.

Zurück an seinem Arbeitsplatz nahm er die Blumen sehr behutsam aus der Vase, als ob sie zerbrächen, wenn er zu ungestüm mit ihnen umginge. Dann spurtete er zurück zum Aufzug, die Blumen in der Hand wie ein rohes Ei ...

Tiefgarage. Rein ins Auto. Raus auf die Straße und raus aus der Innenstadt. Pete war wieder einmal so in seine Gedanken versunken, dass er von seinem Heimweg fast nichts mitbekam. Von der an ihm vorbeirauschenden Umgebung erreichte nur ab und an ein Bild, das vor seinen Augen vorbeizog, auch den Kopf. Die Tankstelle, an der er vorbeifuhr und von der er zu später Stunde oftmals noch etwas zum Knabbern mitnahm, war so ein Bild, das sich bis in sein Denken vorschob. Oder die Shoppingmall: Als er mit ihr auf gleicher Höhe lag, fragte er sich, wie er hierher gelangt sei. Und als das Stadion in Sichtweite kam, meinte er, er sei noch gar nicht am Stadtpark vorbeigekommen, und der kam auf dem Heimweg bekanntlich vor dem Stadion.

Die meiste Zeit der Heimfahrt musste Pete aber an den Abend denken, als er Jenna, seine jetzige Frau, das erste Mal gedatet hatte. Er hatte sie zu sich nach Hause eingeladen und für sie gekocht. Er konnte sich ganz genau daran erinnern, wie er ihr noch vor dem Servieren ihrer Leibspeise rote Rosen überreicht hatte und sie errötete. Die Farbe ihrer Wangen hatte dem Rot der Blumen starke Konkurrenz gemacht. Er konnte sich jedoch auch ganz gut daran zurückerinnern - wenn auch nur ungern -, wie er aufgrund seiner Nervosität und seiner zittrigen Hände die Weinflasche umgestoßen hatte. Selbstverständlich war sie dergestalt auf den Tisch gekracht, dass sich sogleich eine beachtliche Menge an Rotwein auf Jennas Kleid ergossen hatte, dessen Farbe wiederum - wie sollte es sonst anders sein - von einem strahlenden Weiß gewesen war ...

Obwohl der Fleck dem Kleid trotz einiger Reinigungsversuche erhalten geblieben war, bewahrte Jenna es noch immer sozusagen als Requisit der Erinnerung auf. Doch mittlerweile war ein Fleck von ganz anderer Natur auf Petes und Jennas Beziehung übergesprungen; er war wie ein Stein, welcher das Getriebe ihres gemeinsamen Lebens lahmlegte und nichts mit der schönen Erinnerung an ihr erstes Date gemein hatte. Denn Pete war unter der Woche von früh bis spät im Büro, oft arbeitete er auch samstags, sodass er seine Frau nur selten zu Gesicht bekam. Wenn er dann endlich zu Hause war, war er müde und wollte meist nichts mehr unternehmen, außer eine Kleinigkeit zu essen, ein bisschen fernzusehen und anschließend zu schlafen. Das nahm ihm Jenna übel. Ständig lag sie ihm nun in den Ohren, er solle sich endlich auch Zeit für ihre Beziehung nehmen. Klar und deutlich und mehrfach dröhnte ihre Stimme während der Fahrt in seinem Kopf: »Du interessierst dich gar nicht mehr für mich!« Oder: »Gib's zu, du findest mich nicht mehr anziehend.« Und: »Ich erwarte mir mehr vom Leben als nur die Arbeit. Das solltest du auch!«

Hoffentlich war es noch nicht zu spät, dass Pete etwas ändern wollte und früher Feierabend gemacht hatte. Denn er hatte fest vor, ab heute seiner Frau endlich wieder deutlich zu zeigen, wie sehr er sie liebte. Er sah es völlig ein, dass sie viel zu kurz gekommen war. Wenn es dafür überhaupt eine Entschuldigung geben konnte, dann wohl nur jene: Er verbrachte deswegen so viel Zeit im Büro (und zu wenig mit seiner Jenna), um ihnen für die Zukunft ein leichteres Leben mit weniger Arbeit und einem abbezahlten Eigenheim in einer feinen Wohngegend zu ermöglichen.

»Nun gut«, sagte sich Pete und richtete seine Gedanken auf die bevorstehenden Aufgaben, »wenn ich zu Hause bin, bleiben mir noch eineinhalb Stunden, bis Jenna vom Pilates kommt. Bis dahin sollte die Lasagne fertig sein. Und solange sie im Ofen ist, kann ich das Esszimmer vorbereiten ... Die Rosen darf ich nicht vergessen ... und die Kerzen!«

Er wollte sechzehn brennende Kerzen um den Esstisch herum aufstellen, denn heute war der 16. Dezember, und an einem Sechzehnten hatten sie ihr erstes Date gehabt. Alles sollte an diesem Abend so werden wie damals. Nun ja, fast alles, auf die Rotweinpanne konnte er gut verzichten – es sei denn, sie führte ihn und Jenna wieder näher zusammen.

Mit jeder Meile, mit der sich Pete seinem Zuhause näherte, wurde er nervöser. Dass dies mit dem heutigen Abend zu tun hatte, verleugnete er. Es konnte schlichtweg nicht möglich sein, schließlich war er keine neunzehn mehr. Und so schob er seine Nervosität auf die Gedanken an das erste Date mit Jenna. Er glaubte sich einfach lebhaft in die damalige Zeit zurückversetzt. Doch sein Herz schlug ihm bis zum

Hals, als er in die Straße einbog, in der er und Jenna nun schon seit vielen Jahren gemeinsam daheim waren.

Auf einem schmalen Parkstreifen neben einer hohen Hecke, die einen großen Garten und dahinterliegend ein hübsches Vorstadthäuschen umschloss, stellte Pete seinen Wagen ab. Jedes Mal, wenn er nach Hause kam, begutachtete er die grüne Wand, wie er die Hecke nannte, aus dem Auto heraus und bewunderte ihren kräftigen Wuchs. Sie war so hoch, dass man vom Parkplatz aus nur das Dach von Petes und Jennas Haus erkennen konnte. Das war genau nach ihrem Geschmack, denn die Hecke hielt die Blicke neugieriger Passanten ab. Nachdem Pete also wohlwollend die Hecke inspiziert hatte, nahm er die Rosen, stieg aus, schloss das Auto ab und ging die Straße entlang zum Gartentor. Ein warmer Wind blies ihm ins Gesicht, während ihn die Straßenlaternen und die an ihnen befestigten Weihnachtssterne, die ihr grelles Licht auf den Asphalt warfen, blendeten. Ringsum an den Bäumen und Häusern hingen Lichterketten; auch in Petes und Jennas Garten waren ein junger, aber hoch aufgeschossener kahler Ahorn sowie eine Tanne damit geschmückt worden. Alles sah sehr weihnachtlich aus, nur der Schnee fehlte.

Pete ging durch das Gartentor, ließ es hinter sich leise ins Schloss fallen und marschierte auf einem schmalen gepflasterten Weg auf sein Haus zu. Vom Balkon herab blinzelte ihm ein am Geländer hochkletternder Santa zu. In dem Moment aber, als er durch die Fenster im Erdgeschoss in die nur matt be-

20

leuchtete Düsternis der Küche blickte, sah er dort einen hünenhaften schwarzen Schatten von Regal zu Regal huschen. Vor Schreck blieb er stehen. Was war da los? Wer war in seinem Haus? Seine Frau konnte es nicht sein, das wusste er sofort, denn sie hatte keine solch große Statur und war momentan ohnehin nicht zu Hause, sondern beim Pilates. Nein, da war ein Mann in seinem Haus, ein Riese von einem Mann.

Nachdem sich Pete etwas gefasst hatte, schlich er über die Veranda bis unter das Küchenfenster heran und lugte vorsichtig hinein. Der Mann war noch immer in der Küche. Viel konnte Pete nicht erkennen, doch das, was er sah, schien eindeutig: Jemand hatte sich Zugang zum Haus verschafft, der dort rein gar nichts zu suchen hatte. Dieser Jemand war aber dennoch ganz offensichtlich auf der Suche nach etwas. Er durchkramte alle Schubläden, Regale und Schränke. Aufgeregt fingerte Pete sein Handy aus der Hosentasche und rief die Polizei an.

»Jemand ist in mein Haus eingedrungen«, flüsterte er, als sein Anruf entgegengenommen wurde. »Hier spricht Pete Doorway, Pine Avenue 199, Southeast Village. Kommen Sie schnell. Der Einbrecher befindet sich noch im Haus!«

»Es ist gleich jemand da«, antwortete man ihm. »Gehen Sie derweil in Deckung. Und halten Sie die Füße still!«

Als Pete auflegte, nahm der Eindringling gerade etwas aus dem Regal oberhalb der Spüle, in dem Jenna die Gläser aufbewahrte. Dann wandte er sich dem Kühlschrank zu.

»Nein, nicht den Kühlschrank öffnen!«, flüsterte Pete entsetzt. »Geh weg und lass die Finger davon!«

In einem der Kühlschrankfächer bewahrten Jenna und er eine leere Getränkedose auf, in der sie eine Menge Bargeld versteckt hielten. Sie hatten sie ganz unauffällig inmitten vieler weiterer Dosen und hinter einem Stapel aus allerlei kalt gestellten Spirituosen deponiert und wären nie auf die Idee gekommen, dass sie dort jemand entdecken könnte. Doch nachdem der Einbrecher eine Weile in den Fächern herumgestöbert hatte, entnahm er etwas aus eben jenem Fach mit der Gelddose. Pete konnte nicht erkennen, was es war, doch es konnte sich nur um die wertvolle Dose handeln, die einem so gar nicht den Eindruck vermittelte, als enthielte sie eine Flüssigkeit, wenn man sie hochhob. Der Eindringling verließ nun jedenfalls die Küche mit den erbeuteten Gegenständen und ging in völliger Dunkelheit tiefer ins Haus hinein, sodass Pete ihn nicht mehr im Auge behalten konnte.

»Wo bleibt denn nur die Polizei?«, fragte er sich ungeduldig. Für ihn fühlte sich das Warten auf die Hüter des Gesetzes wie eine halbe Ewigkeit an. Doch eigentlich verstrichen nur fünf Minuten, bis ein Streifenwagen eintraf. Unauffällig und ohne Sirene kam er irgendwo hinter der hohen Hecke zum Stehen. Dass Hilfe gekommen war, konnte Pete von seinem Platz auf der Veranda aus nur am Geräusch des Motors und ein wenig an den Scheinwerferlichtern erkennen. Sogleich kamen zwei Polizisten den gepflasterten Weg entlang auf Pete zu, der ihnen mit erhobenen Händen entgegenkam.

»Ich bin Pete Doorway«, gab er sich ihnen heiser zu erkennen. »Ich habe angerufen.«

»Fein«, sagte der größere der beiden Beamten. »Ich bin Knoxley, und das ist mein Partner Coldsmith.«

»Ist der Täter noch im Haus?«, wollte der Kleinere namens Coldsmith wissen.

»Ja, er hält sich noch irgendwo drinnen auf«, antwortete Pete.

»Dann weisen Sie uns bitte den Weg zur Tür«, sagte Knoxley.

»Und geben Sie uns den Schlüssel, damit wir sie öffnen können, sofern sie nicht schon offen steht«, fügte Coldsmith hinzu.

Pete tat wie befohlen. Auf den ersten Blick fanden sich an der Tür, die sie im Übrigen geschlossen vorfanden, keine Einbruchsspuren. Der Täter musste hier äußerst geschickt vorgegangen sein oder hatte sich woanders einen Zugang verschafft.

»Wir gehen jetzt rein«, sagte Knoxley, vor der Tür bereitstehend. »Und Sie bringen sich in Sicherheit!«

Die Beamten betraten mit gezückten Waffen das Haus. Pete hatte die Aufforderung, sich in Sicherheit zu bringen, überhört. Er war von der Anspannung wie gebannt und schlich den Polizisten mit einigem Abstand nach. Die Rosen hielt er noch immer sorgsam in der Hand.

Die Polizisten gingen nun den Flur entlang und blieben an der Treppe, die zum ersten Stock hinaufführte, stehen, um auf irgendeinen Laut zu horchen und den Einbrecher so zu lokalisieren. Auch Pete blieb stehen und lauschte mit. Da waren eindeutig

Geräusche zu vernehmen, und sie kamen zweifellos von oben. Pete meinte, ein heftiges Knarzen und daraufhin eine Stimme zu hören; dann ist offenbar etwas umgestoßen worden, denn etwas Gläsernes zerbarst am Boden. Zügig und leise eilten die Beamten die Treppe hinauf, ohne Pete zu bemerken. Einer der beiden hatte eine Taschenlampe angeschaltet. Pete lief ihnen mit den Rosen hinterher.

Alle drei schlichen den Gang im ersten Stock hinunter und blieben vor dem Zimmer mit angelehnter Tür stehen, aus dem weiterhin wilde Geräusche drangen und ab und an eine Stimme zu hören war.

»Oh nein«, flüsterte Pete hinter den Beamten und verriet damit seine Anwesenheit.

»Hatte ich nicht gesagt, Sie sollen sich in Sicherheit bringen?«, sagte Knoxley.

Pete überging den Beamten. »Da drin bewahrt meine Frau all ihren Schmuck und eine wertvolle Vase auf, die sie von ihrer Tante geerbt hat. Wenn die gerade zu Bruch gegangen ist, dann wird sie sehr unleidlich ...«

»Gehen Sie von der Tür weg!«, sagte Coldsmith. »Wir greifen jetzt zu!«

Pete nickte einmal kurz, sodass sich die Polizisten erneut der Tür zuwandten, er tat jedoch keinen Schritt zurück. In dem Moment, da ein heftiges Gepolter und Geknarze herausdrang, stürmten die Polizisten mit den Waffen voran in das Zimmer, riefen: »Polizei! Hände hoch!«, und schalteten das Licht ein. Gleich darauf betrat auch Pete sein nun lichtdurchflutetes Schlafzimmer und gewahrte in schneller Abfolge mehrere Dinge: Auf dem Boden lagen die Scherben eines Champagnerglases, ein weiteres stand noch heil und halb voll auf seinem Nachtkästchen nebst einer halb leeren Champagnerflasche, und statt erhobener Hände schoben sich im Ehebett langsam zwei Köpfe, ein kahl geschorener und darüber einer mit langen zerzausten Haaren, unter der Decke hervor und erstarrten beim Anblick der auf sie gerichteten Pistolen.

»Jenna!«, rief Pete der Zerzausten entgegen, als er hinter den Beamten zum Vorschein kam.

»Wer zum Henker ist Jenna?«, schrie Coldsmith.

»Meine Frau«, rief Pete mit sich überschlagender Stimme. Er warf die Rosen auf die Scherben, als ob auch sie zerbrechen könnten.

ABGESA(E)GT

es lodert
die Glut

REIN ZUFÄLLIG

Als jünger noch der Uhren Rädchen,
da sagte mir ein hübsches Mädchen:

»Schaut jemand zufälligerweise
um elf Uhr elf auf seine Uhr,
so soll er denken, still und leise,
an einen lieben Menschen nur...«

Gerade ist es elf Uhr zehn,
mein liebes Fräulein »Ehedem«.

Aus purem Zufall möchte ich,
dass auch der große Zeiger sich
zur Elf bequemt. Ich denke dein
und möcht' gern wieder bei dir sein.

Rein zufällig.
Rein zufällig.

tot geglaubt
in der Asche ein
PHÖNIX

DAS ENDE DER STILLE

Sternlos hielt sich die Nacht im Alpenvorland, als durch die vernebelten Straßen einer bayrischen Marktgemeinde dunkle Gestalten huschten. Mit übergezogener Kapuze eilte eine jede von ihnen einsam und allein dahin; doch keine wollte ihr warmes Zuhause zu so später Stunde verlassen haben, um alleine zu bleiben. Vielmehr einte jene nächtlichen Streuner die Absicht, sich zu versammeln, und so steuerten sie dieselbe Stätte an, nur auf unterschiedlichen Wegen. Wenn sie sich dabei gegenseitig von fern erblickten, was nicht selten geschah, und es im Zuge dessen nicht ersichtlich war, ob sie Verbündete waren, gaben sie sich zu erkennen. Hierzu bedachten sie einander mit vorab vereinbarten Vogelrufen. Da auf jedes Schuhuuh eines Uhus der richtige Antwortruf, nämlich der eines Kuckucks, folgte, dachten sich bald viele der Eingeweihten, wie sie sich selbst nannten, nur sie allein seien noch auf den Beinen und der Rest der Ortschaft habe sich dem Schlaf hingegeben. Und in der Tat, es sprach vieles dafür, denn es fand sich keine einzige nicht eingeweihte Menschenseele mehr auf den Rad- und Gehwegen, die Straßen waren vor einer Stunde das letzte Mal befahren worden und nirgendwo brannte noch Licht in den Häusern. Sonach hätten es die finsteren Gesellen eigentlich nicht nötig gehabt, ihre Gesichter unter Kapuzen zu verbergen - zumindest zum jetzigen Zeitpunkt; dass sie es dennoch taten, lag an ihrer überbordenden Angst, in der Nacht ihrer Missetaten in irgendeiner Weise doch noch auf ihnen bekannte Gemeindemitglieder zu stoßen und von diesen erkannt zu werden. Darüber hinaus waren sie der Überzeugung, die über den Kopf gezogenen Kapuzen würden ihrem Auftritt eine besondere Dramatik verleihen.

Als Versammlungsort diente den Eingeweihten der Maibaumplatz. Hier kamen sie in großer Zahl zusammen und bündelten ihre Kräfte. Sowie sich der letzte der Verabredeten einfand, zogen sie auch schon los. Bisher waren sie mucksmäuschenstill geblieben (bis auf die vereinzelte und äußerst natürlich klingende Vogelkorrespondenz), um die Aufmerksamkeit hellhöriger Anwohner nicht zu früh auf sich zu lenken; auch hatten sie es ihren jeweiligen unmittelbaren Nachbarn - von denen viele Freunde, Verwandte oder gute Bekannte von ihnen waren - damit nicht gestatten wollen, nachvollziehen zu können, von welchen Ortsteilen aus sie jeweils losmarschiert waren. Nun aber erfüllten ihre grob verstellten Stimmen sowie das Gestampfe ihrer Füße die kalte Luft eines vom Winter noch einmal überholten Frühlings, sodass von einem Huschen nicht länger die Rede sein konnte. Um zusätzlich für Radau zu sorgen, wurden Gegenstände wie wild aneinandergeschlagen. Für so manches Ohr mochte dies alles schwer nach jugendlichem Übermut und Krawalllust klingen. Jedenfalls sah es ganz danach aus, als wäre in der Umgebung keine noch so verwinkelte Gasse vor den Störenfrieden gefeit.

In seinem Wohnzimmer wälzte sich derweil Alfred, ein älterer Herr, im Halbschlaf auf dem Sofa herum.

30

Seit vielen Jahren schon schlief er nicht mehr bei seiner Ehefrau Johanna im Schlafzimmer. Dies hatte einen einfachen Grund: Sie waren nächtens beide Holzfäller; vielmehr sollte man es präzisieren und sagen, ihre Nasen waren welche. Deshalb war es in den Nächten, da sie ihr Schlafgemach noch geteilt hatten, stets nur Johanna oder Alfred gelungen, in einen tiefen und festen Schlaf zu fallen, niemals aber beiden zusammen. Wenn also Johanna eine angenehme Nachtruhe gehabt hatte und Alfred zumeist wach gewesen war, hatte ihr Näschen die Federführung in Sachen Sägearbeiten übernommen. Wenn aber Alfreds Riechorgan mit dem Anwerfen der Motorsäge schneller gewesen war und so richtig begonnen hatte, Bäume zu fällen, war Johanna über weite Strecken die Schlaflose gewesen. Und manchmal war auch schon ein imaginärer Baum von der Seite des Bettes aus, die die Fällarbeiten beherbergt hatte, zur anderen hinüber und auf die um Schlaf kämpfende Person gestürzt, nachdem sie kurzzeitig eingeschlafen war. Dies hatte sie selbstverständlich wieder hellwach gemacht. Unter den Eheleuten war sonach immer jemand der nächtliche Depp gewesen, auf gut Bayrisch gesagt. Daher hatte vor jedem Schlafengehen die für Johanna und Alfred wichtigste Frage gelautet: »Wer macht dieses Mal den Holzfäller?« An manchen Abenden waren die beiden diesbezüglich sogar Wetten eingegangen. Eines Nachts jedoch hatte Alfreds Schnarchen zu sehr an Johannas Ohren gesägt, woraufhin sie davon endgültig »die Schnauze voll« gehabt hatte und zu dem Entschluss gekommen war, ihren Ehemann fristlos auszuquartieren. Seitdem nächtigte er bei der Hauskatze im Wohnzimmer.

Nun hatte Alfred, wie es an fast jedem Abend Usus war, für die besagte Nacht und zum Zwecke des besseren Einschlafens eine halbe Schlaftablette eingenommen. Aufgrund seiner chronischen Rückenschmerzen und seiner inneren Unruhe war deren Wirkung jedoch lange Zeit ausgeblieben. Zu guter Letzt hatte ihn dann doch ein leichter Schlummer besucht. Dieser wollte aber nur kurz sein Gast sein. Denn inzwischen schickte sich das Getöse von der Straße an, Alfreds seichtem Hineingleiten ins Reich der Träume die Tür zu weisen, indem es peu à peu näher kam. Die dünnen Wohnzimmerfenster boten dabei nur einen äußerst geringen Lärmschutz, weshalb es alles in allem nicht gut um Alfreds Nachtruhe bestellt war. Johannas Schlaf hingegen war zu keiner Zeit gefährdet. Kein Störgeräusch konnte in einer solchen Weise an ihre Ohren herantreten, dass es daran etwas hätte ändern können. Dies verdankte sie vor allem der Lage ihres Schlafzimmers. Es befand sich nämlich auf der rückwärtigen und somit ruhigeren Seite des Hauses. Und da die Schlafzimmerfenster nur auf den friedlichen Garten und den neben der Mangfall gemächlich fließenden Kanal hinabblickten, war von dort nur selten Lärm zu erwarten. Ganz anders verhielt es sich - wie bereits angedeutet - mit den Fenstern im gegenüberliegenden Wohnzimmer. Sie gewährten im Normalfall, das heißt in Abwesenheit des Nebels, einen hervorragenden Blick auf den Bahnübergang, die rauschende Mangfall und die in der Nacht von Straßenlaternen beleuchtete Bahnhofstraße. Letztere führte zwei Stockwerke tiefer am Haus vorbei in Richtung der nahe gelegenen Mangfallbrücke, weshalb es für den Straßenlärm generell ein Leichtes war, Alfred heimzusuchen, Nebel hin, Nebel her.

Und tatsächlich war nun ausgerechnet jene Bahnhofstraße das Hauptziel der Krawallmacher. Schon überquerten sie den Bahnübergang, und ihr Getöse schwoll weiter an. Beinahe hätte Alfred die Augen geöffnet, doch dann herrschte plötzlich Stille. Eine Stille, wie sie nur dann eintritt, wenn junge lärmende Leute ihren Radau abrupt einstellen, um etwas auszuhecken. Folglich hörte niemand, was die Nachtgestalten besprachen, und niemand sah im dichter werdenden Nebel, wie sie auf den umliegenden Höfen nach passenden Werkzeugen suchten, mit deren Hilfe sie ihren neu geschmiedeten Plan umsetzen wollten. Schon bald wurden sie fündig und begannen ihr Werk. Die einzigen von ihnen verursachten Schallemissionen, die sich von da an in regelmäßigen Abständen verzeichnen ließen und die Alfred nötigten, sich herumzuwälzen, wenn sie besonders laut ausfielen, waren dumpfer Natur, als würden schwere Brocken aus Beton und Metall auf die Straße krachen. Dabei schien deren Aufprall jedes Mal in einem riesigen Rohrsystem nachzuhallen. Eine halbe Stunde verging auf diese Weise im immer gleichen Rhythmus: Aufprall, Nachhall, Ruhe vor dem nächsten Krach; Aufprall, Nachhall, Ruhe vor dem nächsten Krach. Doch schließlich war es für eine geraume Weile wieder still. Zu still. Denn am Ende der Stille gab es einen Heidenlärm. Etwas stürzte die Böschung zur Mangfall hinab, und als dieses Etwas mit dem lautesten aller bisher zu hörenden Geräusche, nämlich einem Platschen, in den Fluss fiel, hielt Alfred nichts mehr im Schlaf. Schnell wie der Blitz richtete er sich auf, als hätte er nie Rückenbeschwerden gehabt. Er schlug die Wolldecke zurück, nahm seine Krücken zur Hand, stemmte sich seufzend hoch (was einige Zeit in Anspruch nahm) und versuchte - einfüßig, wie er war -, so schnell wie nur möglich um den Wohnzimmertisch herum zu einem der Fenster zu gelangen. Doch, dort angekommen, sah und hörte er weder von den Unruhestiftern noch von der neuerlichen Lärmquelle etwas. Mit den ersten Lichtern, die wegen des lauten Platschens in Alfreds Nachbarschaft angeschaltet worden waren, hatten sich die Herumtreiber in die Dunkelheit geflüchtet - womit sie aus dem Sichtfeld verschwunden waren, noch ehe er sich vom Sofa getrennt hatte.

Als er nach draußen blickte, bemerkte er, dass nicht wenige seiner Nachbarn gegenüber die Fenster geöffnet hatten und ihre Köpfe in die frische Luft hinausstreckten. Er tat es ihnen gleich. Gemeinsam spähten sie eine Zeit lang von der Straße zur Mangfall hinüber und von der Mangfall zurück zur Straße. Doch nachdem auf die Schnelle nichts Verdächtiges ausfindig zu machen war und der Nebel ohnehin für eine schlechte Sicht sorgte, wurden die Fenster wieder geschlossen und die Lichter eines nach dem anderen ausgeschaltet. Und Alfred? Alfred musste erneut sehr lange seinen Schlaf suchen, obwohl es draußen - zumindest im Nahbereich der Bahnhofstraße - für den Rest der Nacht ruhig blieb.

Es war noch früh am Morgen, als er die Augen aufschlug. Er hatte außerordentlich schlecht geschlafen und war übler Laune. Als Entschädigung dafür wollte er den neuen Tag auf seiner Hausbank begrüßen - mit Blick auf die Mangfall. Da seine Frau noch nicht wach war, zog er sich (so gut es ging) allein an und fixierte die Beinprothese, auf die er seit ein paar Jahren angewiesen war, nachdem ihm aufgrund seines früheren Nikotinkonsums und anderweitiger Probleme ein Bein abgenommen worden war. Sodann nahm er etwas mehr als ein halbes Dutzend Tabletten ein (die morgendliche Dosis) und machte sich, in eine Jacke gehüllt und auf seinen Gehstock gestützt, auf den beschwerlichen Weg, der über zwei lange Treppen nach unten vor die Haustür und zu seiner Bank führte.

Dort angelangt, erlebte er im kalten Sonnenlicht eine böse Überraschung. Die Bank war weg. Es war der 1. Mai, und nach einer harten Nacht war er in aller Herrgottsfrühe heruntergekommen, um auf seiner geliebten Hausbank zu sitzen und dem morgendlichen Treiben in der Marktgemeinde zuzusehen. Doch jetzt stand sie einfach nicht mehr dort, wo sie schon immer gestanden und fast schon Wurzeln geschlagen hatte. Er wollte schon zu fluchen beginnen, wie man es eben nicht selten in Bayern zu tun pflegt, da wurde er der Feuerwehrleute auf der Straße gewahr, die sich an den Kanaldeckeln zu schaffen machten. Er ging auf sie zu und fragte einen der Feuerwehrmänner - in dessen Nähe ein mit Block und Stift ausgestatteter Fremder sich irgendwelche Notizen machte -, warum sie hier seien beziehungsweise was um Himmels willen eigentlich geschehen sei.

»Da haben sich herumstrolchende Chaoten des Nachts einen schlechten Scherz erlaubt«, antwortete der Feuerwehrmann und schüttelte den Kopf. »Denen ist doch glatt nichts Besseres eingefallen, als die Kanaldeckel der Bahnhofstraße und einiger weiterer Straßen anzuheben und sie so weit wegzuschaffen, wie es ihnen auf die Schnelle möglich war ... Die meisten lagen kreuz und quer auf dem Asphalt herum, einige lagen jedoch mitten auf Einfahrten, und manche haben wir bis jetzt nicht wiedergefunden. Und um dem Ganzen die Krone aufzusetzen, haben sie wahllos private Hof- und Gartengegenstände verzogen und an den unmöglichsten Stellen in der Gemeinde abgelegt.« Mit einem Achselzucken fügte er hinzu: »Das nennt man dann wohl Walpurgisnacht ...«

»Und an euch ist es jetzt, hinter diesen Hallodris aufzuräumen?«, fragte Alfred, dem hinsichtlich seiner Sitzgelegenheit allmählich ein Licht aufging.

»Ja«, sagte der Feuerwehrmann, »weil heute doch der Tag der Arbeit ist.«

»Habt ihr dabei zufälligerweise auch meine Hausbank gesehen?«, wollte Alfred wissen. »Die ist nämlich weg. Und vor meiner Haustür hat schon immer diese Bank gestanden. Gerade wollte ich es mir darauf bequem machen.«

»Ach, selbst die haben sie weggebracht?«

»Es scheint so, ja, und dieser Scherz will mir gerade den ganzen Morgen verleiden, nachdem man mir bereits größtenteils meinen Schlaf gestohlen hat.«

36

»Solch eine Gemeinheit! Nun, haben Sie sich denn schon umgesehen? Nein? Lassen Sie uns mal sehen, weit kann sie ja nicht gekommen sein.«

Es dauerte nicht lange, da entdeckten sie die Hausbank. Man hatte sie in die Mangfall geworfen. Nur ein aus den Fluten hervorlugender Fels, an dem sie sich verfangen hatte, hinderte sie daran, fortgespült zu werden ...

Am nächsten Tag saß Alfred schließlich wieder auf seiner noch etwas feuchten Hausbank und las die Zeitung. Abgesehen vom Rauschen der Mangfall herrschte zu dieser frühen Stunde noch eine tiefe morgendliche Stille. Und obgleich es erneut kalt war, genoss er den Sonnenschein und die frische Morgenluft in vollen Zügen, bis - nun ja, bis er auf eine Seite stieß, auf der die Vorfälle aus der Freinacht geschildert wurden, die sich in der gesamten Gemeinde zugetragen hatten. Über einem der kurz gehaltenen Artikel prangte nämlich der Titel: »Steinalter Mann wirft Hausbank in die Mangfall!« Alfred begriff sofort, dass er damit gemeint war.

»Steinalter Mann? Steinalter Mann?«, giftete er lauthals und durchbrach dabei schlagartig die Stille.

»Ich geb dir gleich einen STEINALTEN Mann!«

Damit warf er die Zeitung weg und begann, einen Reigen voll Schimpfen, Fluchen und Händefuchteln aufzuführen.

RILKES PANTHER

Mathe zur Sechsten.
Des Panthers Blick zu müde,
um sich zu halten.

SONNENWIND

Einst spannte sich über den Wein eine Brücke,
auf die du mich führtest.
Wir beugten uns übers Geländer
und schauten hinab auf den Abend;
dort unten, da floss er
so süßlich und rot.

Nun wünschtest du dir
ein Liedlein von mir und so sang ich:
Es lebe das Leben! Es lebe das Leben
in dir und in mir und in uns wie in allen!
Auf dass wir's uns schenken und dabei
kein bisschen verschwenden.

Drauf fragte ich dich, wann denn du für mich singst?
Denn vom Sonnenchor wardst du gesandt.
Doch du sagtest:
»Noch immer gewahrst du mich nicht!
So war ich des Singens nie mächtig für dich,
denn mein Lied hat schon lange begonnen.«

Ach, Augen steh'n manchmal weit offen wie Tore,
und doch seh'n sie nicht!
Ich entdeckte zu spät:
Längst sangen für mich
deine Blicke.

Nun wär' ich vor Zeiten dein Wind - und
vor Zeiten wärst du meine Sonne - gewesen.

Und damals sang ich dir ein Lied
und bat dich, mir auch eins zu singen.
Du sagtest: Ich BIN doch dein Lied.

Fließt unterhalb unserer Brücke
noch einmal der Wein in den Abend hinein,
so werd' ich dir dieses Mal singen:
Es lebe die Liebe! Es lebe der Sonnenwind!
Lass nur deine Blicke für mich wieder singen.

DEM WIND EIN PAAR WORTE

mit auf seine Reise
geben... Hoffen,

dass sie ankommen
und gut genug für dich sind.

HEIRATE

(und du lachst dich kaputt)

Der größte Horror für den Vater
ist auf den Markt zu gehen mit Mater.
Hat er, wie stets, sich überreden lassen,
sie zu begleiten, kann er's schlicht nicht fassen,
wie sehr ihm dann am Tagesende
die Füße schmerzen und die Hände
vom vielen, vielen Taschenschleppen,
von weiten Wegen, langen Treppen.

Oft fühlt er an so manchem
Stand besonderen Verdruss
und sagt zur Mutter stöhnend:
»Nun ist's gut so. Nun ist Schluss!«
Doch gibt sie ihm als Antwort
darauf stets nur einen Kuss.
Das ist das Zeichen, dass er
tapfer weiterschleppen muss.

RAUSCH

Der erste Rausch einst...
Überall dürstet es mich
nach deinem Lächeln.

KRAFTWERK

Lass mich dich erkennen.
In dieser Zeit. In jeder Zeit.

Denn:
Du bist die Sonne und dringst zu mir vor,
wenn ich nur graue Wolken sehe.
Du bist der Leuchtstern in tiefschwarzer Nacht,
wenn ich auf einem Irrweg gehe.

Du bist das Netz, das mich nicht fallen lässt,
auch wenn alle Stricke reißen.
Du bist die Burg meiner Hoffnung,
und nur Liebe soll sie heißen.

Du bist ein Kraftwerk voller Sterne.
Du bist das wegweisende Wort.
Du bist das Ziel all meiner Ziele.
Du bist da an jedem Ort.

So lass mich dich erkennen.
Denn was soll mir schon die Nacht?
Mit dir an meiner Seite!
Du bist alle gute Macht.

Mit dir an meiner Seite will ich sein
in dieser Zeit, in jeder Zeit ganz dein.